Deportes extremos

Ciclismo BMX

MATT DOEDEN

BLACK RABBIT BOOKS

Bolt es una publicación de Black Rabbit Books
P.O. Box 227, Mankato, Minnesota, 56002
www.blackrabbitbooks.com

Alissa Thielges, editora; Michael Sellner, diseñador del interior y investigación fotográfica

Información del catálogo de publicaciones de la biblioteca del congreso
Names: Doeden, Matt, author.
Title: Ciclismo BMX / Matt Doeden.
Other titles: BMX. Spanish
Description: Mankato, Minnesota: Black Rabbit Books, 2024. | Series: Deportes extremos | Includes index. | Audience: Ages 8-12 | Audience: Grades 4-6
Identifiers: LCCN 2023016152 (print) | LCCN 2023016153 (ebook) | ISBN 9781623109424 (library binding) | ISBN 9781623109509 (ebook)
Subjects: LCSH: Bicycle motocross—Juvenile literature. | Bicycle motocross—Rules—Juvenile literature.
Classification: LCC GV1049.3 .D6318 2024 (print) | LCC GV1049.3 (ebook) | DDC 796.6/22—dc23/eng/20230410
LC record available at https://lccn.loc.gov/2023016152
LC ebook record available at https://lccn.loc.gov/2023016153

Image Credits

Alamy: Aflo Co. Ltd. 6, 25 (br), Allan Cash Picture Library 9 (t), dpa picture alliance 28–29, John Redmond 22 (t), Kenneth Hunter 16–17, Lilyana Vynogradova 18–19, Orange Pics BV 15; AP Images: Carlos Herrera 3, Greg Baker 20–21, Martin Rickett 17, Sebastian Gollnow 25 (t); BMX Racing Group Chase Bicycles 11; Getty: Sander Koning 1, 32, Thomas Barwick 23, Zend-sign 10; Shutterstock: Aleksandr Sulga 27 (white), FOTOKITA 26–27 (ramps), GROGL 12–13, Haslam Photography cover homydesign 25 (bl), KK Stock 26–27 (pink, yellow), Lilkin 31, Marek Tr 26 (purple), Sergei Bachlakov 22 (b), Tim Large 4–5; vintage.es: Vintage Every-day 9 (b)

Contenidos

CAPÍTULO 1

Comienza la carrera

Se abre la puerta de largada. Ocho pilotos de BMX aceleran cuesta abajo por la primera loma. Bombean los pedales de sus bicicletas y luego se inclinan para la primera curva. ¡Comienza la carrera!

SA BM
22

READY STEADY
TOKYO
3
BELL
Red Bull
ÆON
JAPAN
READY STEADY
TOKYO
85

Final disputada

Es una carrera salvaje, de alta velocidad. Los competidores planean sobre los saltos. Se forma una nube de polvo detrás de los neumáticos. Dos pilotos están lado a lado. Vuelan hacia el último salto, hacia la meta. ¿Cuál ganará?

BMX significa motocross en bicicleta.

CAPÍTULO 2

Bicicletas personalizadas

Las competencias de ciclismo BMX empezaron a principios de los años 70. Los ciclistas agregaban neumáticos anchos a bicicletas con marcos pequeños. Las bicicletas **personalizadas** se manejan bien sobre tierra.

El BMX de **estilo libre** empezó poco después de las carreras. Los ciclistas dan volteretas y giros sobre las mismas rampas que se usan para andar en patineta. También hacen trucos en curvas, barandillas y escalones.

Los inicios de las carreras BMX

Los inicios del estilo libre

Las bicicletas

Las bicicletas BMX son pequeñas y ligeras. La mayoría están hechas de **aluminio** o acero. Muchos ciclistas usan ruedas de 20 pulgadas (51 centímetros). Los neumáticos son anchos. Algunos tienen grandes protuberancias llamadas **tacos** que se agarran a la tierra.

Las bicicletas BMX vienen en una variedad de tamaños. Las más pequeñas se llaman micro minis. Las más grandes son Pro XXL.

PARTES DE UNA BICICLETA BMX

CADENA
(SIN CUBRECADENAS)
NEUMÁTICOS
DE TACOS
RUEDAS DE 20
PULGADAS

Habilidades y seguridad

El BMX exige mucha destreza. Los ciclistas necesitan tener buen equilibrio. Deben tener músculos poderosos en las piernas para aumentar rápidamente la velocidad.

Las carreras suelen ser multitudinarias. Los competidores deben tener una idea de dónde están las demás bicicletas sobre la pista. Deben ser **agresivos** para dejar atrás a los demás.

Comparación de las mayores velocidades

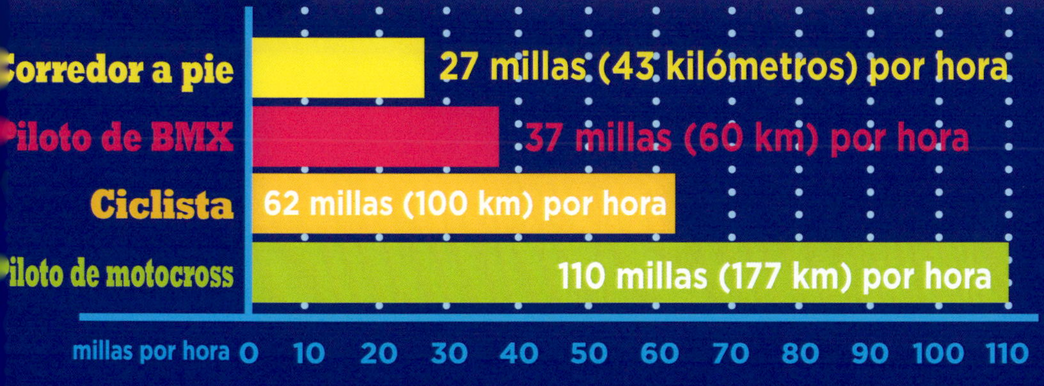

www.northeastb
572

¡Peligro!

El BMX es peligroso. Los competidores suelen chocar entre sí. Derrapan en las curvas o al aterrizar luego de un salto. A los ciclistas de estilo libre a veces les falla algún truco. Se arriesgan a huesos rotos, cortes profundos y lesiones en el cuello.

Los ciclistas BMX piensan todo el tiempo en la seguridad. Aprenden a caer de forma segura. Mantienen en condiciones óptimas sus bicicletas y equipo.

123
123
REDLINE
REDLINE

EQUIPO DE SEGURIDAD

casco

protege la cabeza en un choque

guantes

evitan que las manos sudorosas resbalen

coderas

protegen las articulaciones de rasguños y moretones

rodilleras

protegen las rodillas cuando caes sobre el concreto

espinilleras

protegen las piernas de los pernos del pedal y orillas filosas

CAPÍTULO 4

Competencias

Las carreras BMX son rápidas y emocionantes. Se llevan a cabo sobre pistas de tierra con muchas curvas, lomas y saltos. Las carreras son sprints de una sola vuelta hasta la meta.

Ocho ciclistas se disputan el **holeshot**. Esta posición toma la delantera en la primera curva y marca el paso de la carrera. Luego, todo se trata de velocidad y control. Los competidores deben evitar choques y mantenerse adelante de la manada.

Características de la pista

bermas
(virajes inclinados)

saltos
(lomas altas)

rodaderas
(lomas bajas)

Arriba, abajo y en todas partes

Los ciclistas esquivan **obstáculos** a lo largo del camino. Derrapan por curvas cerradas. Vuelan en los saltos. Aumentan la velocidad en los tramos rectos. Varias lomas seguidas ponen a prueba la fluidez y las habilidades del ciclista. El ciclista más rápido cruza veloz la meta para reclamar la victoria.

Competencias de estilo libre

El estilo libre es un deporte popular del ciclismo BMX. Los ciclistas despegan de enormes rampas para dar volteretas locas. Se montan sobre las barandillas en las pistas del parque. En los eventos sobre terreno plano, dan brincos y hacen trucos.

Los jueces les asignan puntos del 0 al 99,9 por cada ronda. Los competidores tienen dos rondas. Su puntaje es el promedio de ambas.

Los ciclistas BMX suelen empezar a muy corta edad. Pueden competir desde los dos años de edad.

RAMPAS

BARANDILLAS

TERRENO PLANO

cuarto de tubo
barandillas

Obstáculos del estilo libre

HANNAH ROBERTS

La emoción del BMX

El ciclismo BMX de estilo libre tiene muchas estrellas. Mat Hoffman, Garrett Reynolds y Hannah Roberts tienen millones de admiradores. Pero no necesitas ser un ciclista profesional para disfrutar del estilo libre. En muchas ciudades se han construido parques solo para ciclistas BMX. Los ciclistas practican trucos y pueden disfrutar de este deporte de manera segura.

agresivo: que está listo para pelear, discutir o atacar

aluminio: un elemento químico metálico ligero de color plateado claro que se trabaja fácilmente

estilo libre: una competencia en la que los competidores realizan trucos y habilidades que se juzgan para ganar puntos

holeshot: la posición del primer competidor que pasa por la primera vuelta en una carrera

obstáculo: objeto a saltar o esquivar

personalizada: hecha especialmente para adaptarse a las necesidades de una persona

taco: un bulto en un neumático que conforma la banda de rodadura

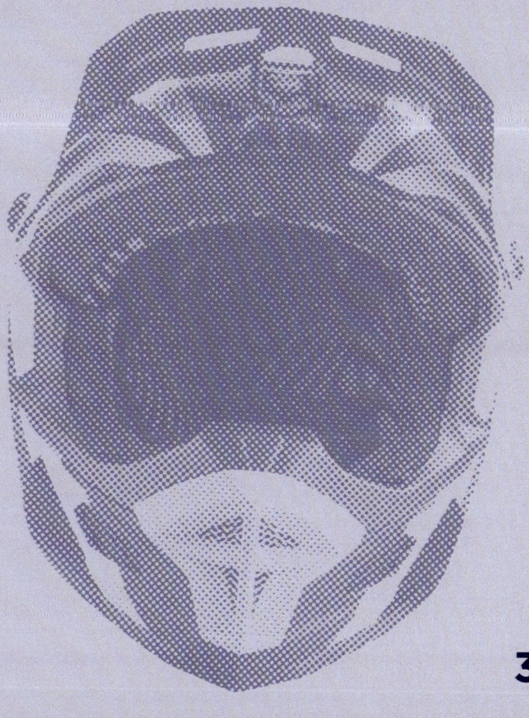

ÍNDICE